DUAN JIFU

Ancient Chinese Fables

段纪夫

中国古代寓言故事

段纪夫——著绘

天津出版传媒集团
天津人民出版社

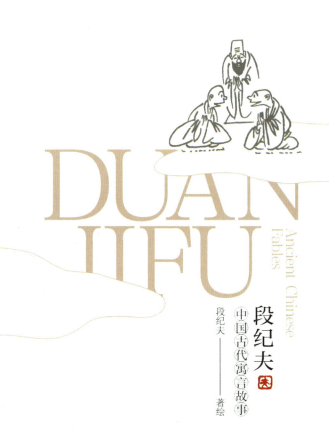

图书在版编目（CIP）数据

段纪夫中国古代寓言故事 / 段纪夫著绘 . -- 天津 : 天津人民出版社 , 2022.6
ISBN 978-7-201-18165-3

Ⅰ . ①段… Ⅱ . ①段… Ⅲ . ①寓言—作品集—中国—古代 Ⅳ . ① I276.4

中国版本图书馆 CIP 数据核字 (2022) 第 012097 号

段纪夫中国古代寓言故事
DUAN JIFU ZHONGGUO GUDAI YUYAN GUSHI

出　　版　天津人民出版社
出 版 人　刘　庆
地　　址　天津市和平区西康路 35 号康岳大厦
邮政编码　300051
邮购电话　（022）23332469
电子信箱　reader@tjrmcbs.com

责任编辑　周春玲　佟　鑫　张　凯　刘建鹏
特约编辑　高　琪　申　晨
内文设计　贾丽娜
封面设计　派糖童书

印　　刷　天津市豪迈印务有限公司
经　　销　新华书店
开　　本　787 毫米 ×1092 毫米　1/32
印　　张　5.5
插　　页　4
字　　数　50 千字
版次印次　2022 年 6 月第 1 版　2022 年 6 月第 1 次印刷
定　　价　69.00 元

目录

CONTENTS

靶子神助阵

武官打仗就要败，
忽来神将得胜果。
请问为何来助阵？
因你从未伤过我。

——选自《广笑府》

鼻齆购香

妻子貌美丈
夫丑妻鼻
不闻香和臭
为讨妻欢夫
购香弄巧
成拙遭妻揍

选自《金楼子·杂记》

纪夫

纪夫

卞庄刺虎

卞庄发现两只虎，
为争一牛正在斗。
不久一死另一伤，
没费力气俩到手。
——选自《史记·张仪列传》

博士买驴
博士买头小
毛驴提笔
挥写一契据
三张未见一
驴字雅兴
未尽老汉急
选自《颜氏家
训·勉学》
纪夫

朝三
暮四

宋人養猴喂
橡栗 早三
晚四猴着急
早四晚三猴
欢喜 先要
大头也合理

选自《列子·黄帝》

纪夫

鸱得腐鼠
纪夫

丑女效颦
西施因病
手抚胸
丑女无病
照样用
可怜不知
颦中理
善良智慧
为第一
选自《庄子·天运》
纪夫

持竿入城

长竿横竖难进城，
路遇老翁挺热情。
我虽年迈脑不老，
你踞两段唯能行。
——选自《笑林》

夫纪

楚王狩猎

楚王打猎野兽多，
后有官吏紧敲锣。
左有狐狸右有鹿，
想要哪个有哪个。
——选自《郁离子》

曾子杀猪

妈妈欲出孩子哭，等妈回来杀肥猪。
曾子闻听把猪杀，别骗孩子瞎忽悠。
——选自《韩非子·外储说左上》

楚王之好
纪夫

次非斩蛟

勇士次非得宝剑，坐船遇蛟拦在前。
跃入江中刺恶龙，船上百姓得平安。
——选自《吕氏春秋·知分》

大面孔

一人偷邻一只鸭，
夜身长毛痒乱抓。
人告邻骂才能好，
只得求邻使劲骂。
——选自《聊斋志异·骂鸭》

盗鸭

道士得仙

缑县每年九
月三 仙观
道士夜升天
新任县令派
兵来 虎叨
道士在作怪

选自《续博物志》

纪夫

对牛弹琴

对牛弹琴公明仪，
优美曲调牛不理。
哞哞音似牛犊叫，
老牛低头不停蹄。
——选自《弘明集》

東郭先生

墮罐不顧

心爱之罐摔碎了，
坚决不去回头瞧。
既然不能再复原，
何必再去找烦恼。

——选自《后汉书·郭太传》

罚人吃肉
纪夫
清正廉明

牛飞

一人买了一头牛，
夜里梦见牛飞走。
心惊这是不吉兆，
急去贱卖才好受。
——选自《聊斋志异·牛飞》

官要蟋蟀催民急，
王成深山得一只。
儿子闯祸死变蟀，
皇帝得宝乐开怀。
——选自《聊斋志异》

风吹
幡动
高僧讲
経来陣
风風吹幡
动两僧争
一说风动一幡动
不是风幡是心动
选自《大藏经》
纪夫

王良初猎遵御法，
一无所获不怨他。
二次出猎破陈规，
从实出发收获大。
——选自《孟子·腾文公下》

奶奶属牛

一官属鼠过
生日差役
凑钱送金鼠
领导笑纳告
部下我的
夫人她属牛

选自《笑府》
纪夫

釜沸渡竹筏
不想杀鳖
又想吃
告鳖爬过
我放你
费尽力气
鳖爬过
再爬一次
我瞧々
选自《桯史》
纪夫

高山流水

伯牙弹琴子期听，
高山流水抒真情。
子期死后琴音绝，
人生知己难相逢。
——选自《说苑·尊贤》

纪夫

鸽异

张生癖鸽良种多，
贵官来赏献珍鸽。
鉏后问官鸽佳否？
味尚肥美亦无何。

——选自《聊斋志异·鸽异》

耿生对鬼

书房夜进一黑鬼，
进屋张目将生瞪。
生指涂墨对鬼笑，
黑鬼羞愧逃无影。
——选自《聊斋志异·青风》

狗恶酒酸
宋人卖酒
味道好
就是多日没
人要祸害出
在身边犬更
要提防自被咬
选自《韩非子·外储说右上》
纪夫
酒

怪病
有人得了一
怪病仰睡
背痛俯胸疼
药方求得一
大摞原来
褥下一秤砣
选自《古今谭概》
纪夫

海上沤鸟
海边一人喜
海鸥与日久
与鸥成好友
其父让他捉
几日八背信
弃义友远去
选自《列子·黄帝上》
纪夫

好〃先生
一人见人就说
好 有人丧子
还说好 妻子
说他欠情理
他说你这意
見也挺好
选自《古今谭概》

好讨便宜

自私之家人
人躲一人抱
石门前过
门里人追忙
磨刀这块
石头没逃脱

选自《笑府》

纪夫

何不食脯

惠帝餐餐食肉脯，
臣奏东方旱情苦，
饥民无粮多饿死。
帝说何不吃肉脯？

——选自《传家宝·笑得好》

和尚放生

小雀躲鹰入僧袖，
和尚抓住喜得肉。
小雀装死僧放手，
雀飞僧说放你走。
——选自《笑赞》

讳不识字

文盲老财正会客，
有人来信要借牛。
老财拿信反复瞧，
告诉来人我就到。
——选自《笑林》

涸辙之鱼

车沟小鱼叫
救命您能
给我点水吗
我到西江引
给你咸鱼
店里找我吧

选自《庄子·外物》

纪夫

画鬼最易
齐王招来一
画家问他
何物最好画
狗馬常见易
挨批鬼怪
瞎画有人夸
选自《韩非子·外储说左上》
纪夫

黄公好谦

黄公两女皆国色，
却在人前称女丑。
丑名远扬难出嫁，
谦卑过分害一家。

——选自《尹文子·大道上》

季子投师
季子求仙拜
道士你爬
到顶就得道
放下钱袋往
上爬骗子
得意拿钱跑
选自《权子·吾师》
纪夫

拣草绳
人问他犯
什么罪
我在街上
拾根绳
那也不能
判重罪
绳子一头
拴着牛
——
选自《雅俗同观》
纪夫

狡狐捕雉
狐见走来
一山鸡
缩身拳腿
笑眯眯
雉到面前
张血口
人间此戏
也常有

枯鱼过河

纪夫

酷信风水

迷信风水一人家
有天墙倒把他压
快请阴阳先生来
这土能不能动它

选自《笑林》

纪夫

南郭先生溜得快，
害怕露馅遭皇害。
今日骗子招更高，
南郭见了定下拜。

——选自《韩非子·内储说上》

疗梅

崂山道士

王生学道半
途归行前
求师传一技
见妻即吹能
穿墙投机
取巧必碰壁

选自《聊斋志异》

纪夫

立木南門
商鞅新法为
取信竖立
木杆在南
門谁能将
杆移北門立
付奖金得民心

选自《史记·商君列传》

纪夫

列子为射
列子师前演
射箭师父
领他上山尖
忘我之射
站在屯了吓
得徒弟不敢看
选自《庄子·田子方》
纪夫

龙蛙喜怒

龙王河边遇
青蛙各说
自己喜与怒
龙喜降霖
怒狂风蛙
喜鼓吹怒胀气

选自《艾子杂说》

纪夫

临河而钓

一人河边来钓鱼，
空坐一天干着急。
旁边一友竿竿有，
皆因钓饵合鱼口。
——选自《淮南子·人间训》

明年同岁

牧童和狼

童捉小狼两树拴，
狼归闻崽叫不断。
狂奔树间力耗尽，
母狼气绝亦可叹。
——选自《聊斋志异·牧竖》

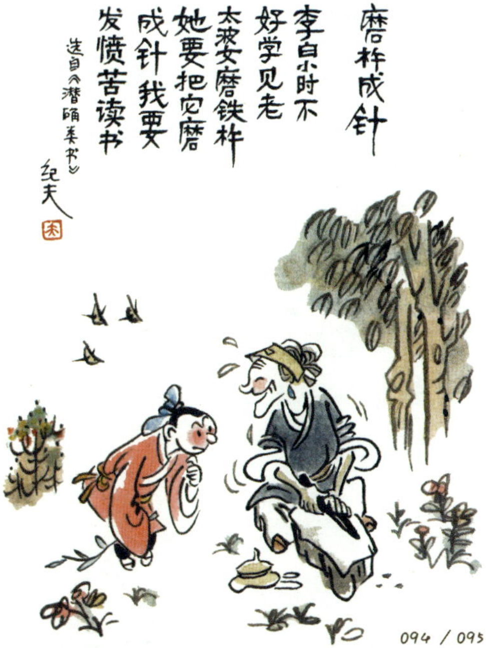
磨杵成针
李白小时不
好学见老
太婆磨铁杵
她要把它磨
成针我要
发愤苦读书
选自《潜确类书》
纪夫

鸟语

道士闻名懂鸟语，
县令问他鸭说嘛？
你收银子一千八。
没过多久官被查。

——选自《聊斋志异》

牛角挂书

家贫放牛小李密，山牛背读书手不释，发奋苦学几十载，学富五车成大器

选自《新唐书·李密传》

秦人好古
秦人好古爱
收藏田产
换得孔子席
家宅换成
夏桀碗端
碗乞讨姜公巾
选自《事林广记》
纪夫

千万买邻

季雅购宅
花千万
房价为何
这么高
买房只用
一百万
千万只为
邻居好

选自《南史·吕僧珍传》

纪夫

穷要面子

穷困书生郝
装阔夜进
小偷骂无获
书生闻听急
追去寒舍
情况请别说

选自《笑林》

纪夫

纪夫

孺子驱鸡

一个书生去赶鸡，
东奔西跑干着急。
用食诱引鸡回窝，
因势利导要学习。

——选自《申鉴·政体》

汝人识字
一是一画二
是二辞退
先生我都会
你給万家
写请帖姓万
让我活受罪

选自《应谐录》

纪夫

纪夫

神亦喜谄

苏州七月下大雪，
百姓求神保安宁。
神附一人喊要大，
呼大老爷雪立停。

——选自《聊斋志异·夏雪》

束氏爱猫

束氏养猫喂得好，
馋猫不动光长膘。
见了老鼠吓得逃，
如今惯养岂止猫。
——选自《龙门子凝道记》

神鱼

鱼贩树洞放
条鱼众人
当神来祈祷
鱼贩又来鱼
拿走大家
瞪眼互相瞧

选自《风俗通》

纪夫

士人不惧

漳州士人胆子大拾癞蛤蟆拿回家夜里蛤蟆成群来煮熟下酒蟆怕他

选自《夷坚志》

纪夫

纪夫

天帝赐酒

闻帝赐酒众仙到，
点名七千还未了。
遍地是庙神太多，
天帝无奈令拉倒。

——选自《龚定盦全集》

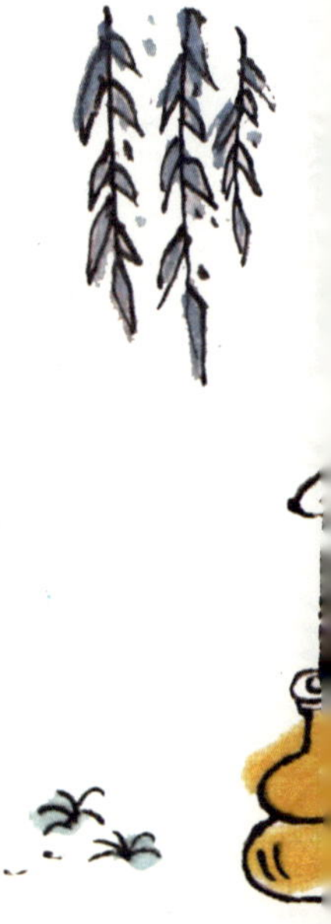

熟能生巧

肃公射术
自命高
卖油老汉
让他瞧
细线入葫
不外漏
业精于勤
别骄傲

选自《归田录·卖油翁》

纪夫

纪夫

枉学屠龙

朱君拜师学屠龙，
三年千金终学成。
欲宰之龙往哪找？
苦练之技毫无用。
——选自《庄子·列御寇》

唐鞅招杀

寡人杀人已够多，
为何有人不怕我？
唐鞅献计更多杀，
当即被杀自食果。

——选自《吕氏春秋·淫辞》

土偶与桃梗
木偶泥人河
边谈你遇
大雨泥成滩
我还留岸
你冲去互相
揭短自作践
选自《战国策·齐策三》
纪夫

为虎拔刺

匠人遇虎举着爪，
见爪有刺给拔掉。
虎即叼来一只鹿，
匠人开起修理铺。
——选自《五杂俎》

專拔虎刺
夫纪

鳥雛同咏

老鹰要
来鸡警惕
乌鸦落下
做游戏
突然叼走
一小鸡
母鸡悔恨
被贼欺

选自吴燕书之
纯夫

武技

学艺三月自恃高，
师诫艺浅莫骄傲。
路见艺姑不放眼，
刚一交手被撂倒。
——选自《聊斋志异》

吾失足容

一人走路迈方步，忽遇大雨急步行。
行中发现步不对，返回重走保尊容。
——选自《权子·志学》

牺牛衣食
头扎丝绦
大红绸
豆拌精料
吃个够
牵到太庙
等屠宰
不如圈里
一犊牛
选自《庄子·列御寇》
纪夫

兄弟争雁

射下大雁怎么吃？
争论不休问大嫂。
半煮半烤雁在哪？
抬头望空往哪找。
——选自《应谐录》

夫纪

薛谭学讴

薛谭学歌拜
秦青没有
学完要辞行
临别师父歌
一曲美妙
声中薛返程

选自《列子·汤问》
纪夫

修屋漏

连日下雨房屋漏，
迂公请人修补好。
工程刚完天放晴，
叹息工钱花不少。
——选自《雅谑》

亚相迁钟

齐王迁都有
一钟非五
百人搬不动
老臣亚相
出高招凿五
百块一人行

选自《艾子杂说》

纪夫

驯鸡有道

纪夫

鴳雀笑鹏

大鹏展翅九万里，
小鸟蹦跳树丛枝。
问鹰还要飞哪里？
鴳雀安知凌云志。
——选自《庄子·逍遥游》

掩耳盗铃

有贼掩耳去
盗铃々自欺
欺人被捉定
今日大盗窃
国财不用
掩耳有后台

选自《吕氏春秋·自知》

纪夫

羊质虎皮

羊披虎皮挺
神气但见青
草心欢喜遇到
豺狼吓哆嗦
忘记虎皮性
难移

选自《法言·吾子》
纪夫

羊裘在念

小偷进屋迂公归，
小偷慌逃丢皮袄。
意外收获迂公乐，
从此总盼贼再到。
——选自《雅谑》

纪夫

一颗鸡卵

穷汉捡蛋对妻言，
用蛋孵鸡再生蛋。
十年发财买小妾，
妻闻击蛋灭祸端。
——选自《雪涛小说·妄心》

妖术

卜者告于近有祸，
于公不信夜进魔。
一剑砍去魔粉碎，
卜者作祟被击破。

——选自《聊斋志异·妖术》

纪夫

月攘一鸡
一人一天偷
一鸡 有人
劝他改恶习
那我一月偷
一只 慢慢改
正贼逻辑
选自《孟子·滕文公下》
纪夫

宝元號
纪夫

一叶障目

一人迷信隐身草，
用叶遮眼让妻找。
妻烦哄他看不见，
他去拿宝被打倒。

——选自《笑林》

林回弃玉

夫纪

真假汉鼎

申氏祖传
一汉鼎
西邻仿铸
献朝廷
申搬真鼎
官说假
专家喊假
声不停

选自天龙门子凝道记也

纪夫

郑人买鞋

郑人买鞋先量脚，
到店忘带量脚条。
取条归来店关门，
我就信条不信脚。
——选自《韩非子·外储说左上》

种梨

老人口渴求个梨，
小贩吝啬不给他。
老人施法梨满树，
小贩惊呼梨没啦！
——选自《聊斋志异》

周处除害

凶悍周处大
家怕进山
他把猛虎杀
又往水中除
蛟龙浪子
回头人人夸

选自《世说新语》

纪夫

做贼心虚

提来几人
钟前讲
是贼摸钟
它会响
钟上涂墨
侦破快
白手即贼
者审堂

选自《梦溪笔谈》

纪夫

◎段纪夫

段纪夫，中国美术家协会会员、天津美协理事、天津美协漫画专业委员会副会长。多年创作丰厚，作品在国内外展出、获奖并由中国美术馆收藏。近年致力于中国写意画的创作与研究，以漫画创意加水墨韵味加上见解独到的题跋，探索出一条独具特色的艺术新路。在夸张简练的造型手法和洒脱豪放的笔墨情趣中，浸透着深厚的文化内涵，表达出画家乐观、豁达和儒雅的人格魅力。业绩载入《中国当代漫画家辞典》。